野雀

路玉 著

代序

寂寞的俯瞰
半生的喧嘩
任性的書寫
一世的溫柔

目錄

一、雨

我以為所丟失的
在雨季又回來了

思念是潮濕的水氣
窗台上的水珠
是抹不乾的眼淚

二、咖啡對談

我說不喜歡
黑咖啡的苦澀
你說有點苦
那就是人生

是的
我認同

但我還是喜歡
用美好事物
去調和世界

比如牛奶
比如砂糖
比如你

三、線

我劃出一條安全線
想阻擋傾斜的靠近
卻忘了
我拿起的筆
名字叫思念

四、白日夢

遲滯我整個世界的
是雨
還是你

陷入了一場迷糊夢
我笑的很開心
你也還是少年

迷離倘恍
午後　白日夢境
空氣中　　高濕度

凝結　疑似淚的水珠

五、月夜書寫

借一點月光
你被我編造
書寫了幾行
我就為你朗讀
於是擁有了
從銀河映影出來的星子
綴滿了我整座湖水的眼眸

這樣月亮引力下
你無端漲潮
淹沒了

沖垮了
我的沿岸
使潮汐暗湧
而沉溺其中

六、摺紙書

按圖索驥
把愛摺成各種形狀
摺一架飛機
你是長途飛行的意義
摺一艘紙船
你是漂泊後停靠的岸
摺一隻紙鶴
你是我最美好的祈求

我無私的贈與
你卻通通拆開

說那樣子的愛情太表面
你把摺皺的白紙還給我

但我再也摺不回
那些愛情的形狀

七、寫詩

繆思離家
笨拙如我

如何把你鑲嵌在詩裡
才有悸動的心跳

不是那多餘的話語
而是我最好的一句。

八、問蝶

因阡陌花開
翩翩飛舞的蝴蝶

妳

究竟是
莊生的迷夢
還是那
梁生的愛情

九、寫信

在這個文明的時代
我應該寫封信給你

一字一字用力　謄寫
那些編織如蕾絲的詩
我花了許多時間勾勒
又被切成細碎
不成樣的故事

還是古樸的寫點家常
像是你過得好嗎？

野雀

我過得很好
早上的天氣很熱
今晚下弦月很亮

十、伐木

害怕愛的徒勞
始終無法坦率

喜歡放久了
變成麻木
不敢言說再見

只敢砍下樹製成相框
來安放回憶
卻圈不住婆娑的眼淚

十一、鄉愁

我正在練習寫詩
娓娓重訴
平緩逝去的時光
日子在回憶打轉
像　貓　追尋青春的尾巴
記憶不可靠
你被分割成複數
辯論著愛情的好壞

世界與我
是誰遺棄了誰

十一、鄉愁

我走了很久
也尚未抵達
孤單的歸屬
夢　托生在寂寞
困在螢幕遠眺
手機裡的鄉愁

十二、量子力學

想穿越時間的蟲洞
期望有雙蝴蝶翅膀
降落每個缺憾句點

想忘記
眼淚形成的原因
一顆心鎖的重量

那失去信仰的人
祈禱平行宇宙裡
再次相愛的可能

十三、斷捨離

丟掉吧
成為更好的自己
徘徊在心裡
小小的謊言

夜晚裡清晰
是你的殘魂

丟了　我們的
相片／票根／紀念物
我也沒有

變成更好的自己。

十四、流星

你對星星太苛刻

想要的
不敢說的

盼它背負
直至碎裂
劃過了夜空
變成一滴眼淚。

十五、上班族

咖啡是生活的儀式感
你想日子是先苦後甘

擠成罐頭的上班日常
奔忙的汗，醃漬人生

想像一隻貓在街頭遊樂

你在眼睛的深處
把憂傷藏了起來

十六、暫停

是的
指針停了
走緩了時間
上下在往復
昨日與明日

哀愁是
沿途的花
開的太美

沒有好好的

渡過今日
為此愉悅的沉溺
而感到十分抱歉

十七、萬物論

萬物相遇的意義
茶靡花開的瞬息
你說雲裡的聚散
賦予心裡的音韻
你聽了海潮濤聲
而自此餘生震盪

十八、碎碎唸

我有一堆書還沒看完
我有夏天的煩躁與長髮

我總想讓電視閉嘴
那些　喋喋不休的謊

我討厭人們的痳木
卻發現自己逐漸僵硬

我的心，鐵石心腸
慢慢的硬化

就跟我超時工作的肝一樣

十九、奔月

快樂成為奢侈品
多巴胺成癮焦慮

孤獨瀏覽芸芸眾生
束縛無眠的廣寒宮

二十、擲筊

夢裡說夢
編撰故事
你沒說謊
只是個說夢人

黎明朦朧
修補破碎瓷身
理解是奢望
滿身花紋

你擲筊

叩問　無常事
取　一片菩提
也解不開
上鎖的籤詩

二十一、修正帶

青春總會有謬誤
你認真但寫錯字
某個人的名字

試圖矯正時間
卻無法掩蓋劃痕

想倒轉錯誤
次次修改方向
卻再也想不起來

渴望抵達的終點。

二十二、天文學

你很任性
一閉眼睛
你就出現

思念纏繞
瀰漫星雲

以你為中心
自成了
我整個星系。

二十三、有風的日子

風吹起故事
翻飛往前的書頁

飄流的旅人
黃昏映照疲憊翦影

從日光散落的思緒

那些生命在轉換
腦海鮮活的記憶
折舊成時光浮塵

終有一日
輕輕地將我們覆蓋

二十四、憂鬱羽毛

在憂鬱的時候
就算是一片羽毛
也是無比沉重

二十五、沙漏

沙漏存放著回憶
光陰從高處灑落
與你的過往
自成剪影

不試圖去捕捉
任其細碎　流失
青澀的你　也紛紛
從指間走過

顛倒翻轉著
我的夢。

二十六、數羊

羊群牠吃掉了夜色
我的心事無處躲藏

二十七、月相圖

月亮與潮汐
我試圖讀懂
隱喻的法則

為此我寫了許多篇章
一切　與愛有關
那些　不被明瞭的詩

雖然人們說
星星與浪漫
都已經死亡

但你像艱澀難懂的書
擱置在心上
月相盈虧
與我再度輪迴。

二十八、偶陣雨

一場雨
會想起
另一個人

夏夜蒸騰的水氣
雨水荷塘裡纏繞

那氣象預報
西北雨將至

遠方山色

陰晴不定

大雨則是
戀人離去
濺起的淚花

二十九、退信

戳印截斷
昨日
修改幾次
愛與虛構
我與你
信寫往地心投遞
舊日靈光被沖蝕

愛是一場會停的雨
時間是那麼的公平
愛與不愛

都會停止

人　慣性選擇遺忘

我與你　同樣

信是查無此人

那就請勿再寄。

三十、蟬聲

看見一片樹葉緩緩離去
看見被遮掩的三角形
尋不到北極星

蟬
說：路燈下的影子們，都匆匆而過
說：烈日赤紅了眼睛
被蒸發的詩句
徒留下的結晶

那盛夏憂鬱薄如蟬翼。

三十一、倔強

害怕造成別人的困擾
不擅於言辭表達
真實被壓抑
不敢表露
假裝沒事
說不用擔心

默默撐起
孤獨的沉重

或許你正嘗試訴說

但這個世界太吵雜
遮蔽了
微弱呼聲
於是你沉默的抗辯
安靜且倔強

三十二、失眠夜

週日的晚間預言
撒上咖啡因的夜
每三十秒頻率翻面
用焦慮煎熟了
我放射過量的
腦神經

週一的晨間報導
直至此時
仍不願面對

假期已離我而去
佐以晨光　除了鳥鳴
還有哀傷的黑眼圈

三十三、上班日

當我沉默的敲擊著鍵盤
噠噠噠　有種機械的頻律
為什麼在這裡
不在有陽光鮮花的海灘
不然轉角的便利店也行
為什麼在這裡
今天冰拿鐵寄杯有半價　啊！

三十四、流感

思念潛伏在身體裡
免疫力低落時
就引發　我想你的
種種不適
和　愛的　恐慌

三十五、寂寞之刻

自我厭倦時
雖然有光
世界還很明亮
卻前路迢迢
瀰漫煙塵

三十六、信仰

愛情始終是我
不及格的信仰

一邊質疑
所有感受

一邊禱告
愛的真實

三十七、愛的表述

能夠解釋
日月星辰

解釋行星的運行

能夠解釋
微風輕碰臉頰時
溫熱的吻

我們　擁有了
世上各種語言

複雜的字彙
也難以解釋明白
什麼叫愛情。

三十八、一瞬之間　我們小小的相戀

不管幾歲
能再度戀愛
都十分美好

所以
當你凝視
能不能發現

一瞬之間
我奇異的火花

三十九、蒲公英

不想　被生活的尖銳
磨礪成　圓滑鵝卵石

只想　夏天再來的時候
看著大風吹起蒲公英
往暖陽撒落的雲隙間

揚起風帆
為你天真返回

四十、朱槿

夜晚的星星
問著你歸期
掉下來的眼淚
成了透明大海

思念是一樣的鹹

南島吹的海風
喃喃吶吶說
你知道嗎？
島嶼上的朱槿

又到了悄悄，開花的季節。

四十一、少女的祈禱

愛情總是不停禱告
希望遇見好人
或成為個好人
這是　人之常情
但是　不一定長情

四十二、失物招領

你是失物
但我不是招領人
只能是
拾金不昧
傷心的表揚

四十三、光影

雖然淡薄
因為有光
影子也深刻起來
那我就不必知道
你是否曾經存在

因為光
顛倒交換
我們的虛影
如曇花盛開

四十三、光影

如夢幻泡影
如露亦如電。

四十四、許願

無數個願望
往夜空飄去

數以萬計的恆星

有的默讀　人間千萬
有的為此　　墜落深處

四十五、離騷

不可名狀的牽引
悸動的
寂寥的
莫可奈何的

生命並非想像中純粹
豔羨一隻鳥的飛翔
粗糙的石礪

乾枯的荊棘
構成了
我整個世界的離騷

四十六、有些時候是這樣

不小心就變成了
冷漠有禮貌的人
假裝喜歡
那些討厭

直到
夜色深陷夢境
才敢剝開偽裝

脆弱的蓮蓬頭
看著一些

夢的流逝
忽冷忽熱
哼唱著
自以為的堅強
有些時候是這樣

四十七、時鐘

家徒四壁
青春晃蕩

匆匆走過
除了行人
還有年華。

四十八、罐頭

讓我把你失溫的心
用鏽了的開罐器

蠻橫無理的　撬開
像被狗啃的　一樣
然後甜蜜的對你說
原來它沒有壞

四十九、青鳥

應該怪罪手機
近視加深

詩歌與夢
都看不清楚

隱現雲朵後面
有時
晴空萬里
有時
烏雲密布

現實是
沒有理由的妥協
連青鳥　也未曾夢見

五十、終章

那些曾經
我所凝視
被春光聚攏
穿透你的眼睛
風吹
雲就散了
有些恍惚
不忍責怪
時間　是這麼容易
帶走一切

反覆練習
停止／對號入座
停止／習慣一個人
刪去如常問候
我也日漸沉默。

國家圖書館出版品預行編目資料

野雀／路玉著. --初版. --臺中市：白象文化，
2020.9
面； 公分
ISBN 978-986-5526-63-4（平裝）

863.51 109009879

野雀

作　　者　路玉
校　　對　路玉
專案主編　黃麗穎
出版編印　吳適意、林榮威、林孟侃、陳逸儒、黃麗穎
設計創意　張禮南、何佳諠
經銷推廣　李莉吟、莊博亞、劉育姍、李如玉
經紀企劃　張輝潭、洪怡欣、徐錦淳、黃姿虹
營運管理　林金郎、曾千熏
發 行 人　張輝潭
出版發行　白象文化事業有限公司
412台中市大里區科技路1號8樓之2（台中軟體園區）
出版專線：（04）2496-5995　傳真：（04）2496-9901
401台中市東區和平街228巷44號（經銷部）
購書專線：（04）2220-8589　傳真：（04）2220-8505
印　　刷　普羅文化股份有限公司
初版一刷　2020年9月
定　　價　200元